KB246740

대학생 형이 세 번 놀란 이유

글 고정욱 | 그림 박선미

도서출판 명주

작가의 말

"칭찬은 고래도 춤추게 한다."는 말이 있습니다. 누군가에게 칭찬의 말을 한 마디 건네는 게 그 사람의 운명을 바꿀 수도 있다는 뜻입니다. 무한한 가능성을 가진 어린이들에게 어른들이 칭찬을 많이 해야 하는 이유는 바로 이 때문입니다.

격려는 실의에 빠지거나 어떤 일을 하는 데 두려움을 가진 사람에게 용기를 주는 일입니다. 주위의 격려가 힘을 내게 했다는 이야기를 우리는 많이 듣습니다. 목표를 위해 포기하지 않고 노력하는 힘은 바로 이런 격려에서 나옵니다.

장애인인 내가 작가가 되고 어린이들의 많은 사랑을 받는 이유를 가만히 생각해 보니 바로 이 두 가지 때문입니다. 어려서부터 장애가 있지만 주위에서 칭찬을 많이 받았고, 격려 또한 늘 나의 것이었으니까요. 그래서 내가 먹게 된 마음은 이것이었습니다.

"난 할 수 있어. 난 문제 없어. 포기하지 않아!"

과도한 학습으로 동심을 잃어가는 오늘날의 어린이들에게 필요한 게 바로 '칭찬과 격려'라고 생각합니다. 그래서 나는 어린이들을 위해 칭찬과 격려를 두 바퀴로 한 동화의 수레를 만들었습니다. 우리 어린이들이 이 수레에 올라타서 재미있게 달렸으면 좋겠습니다.

북한산 기슭에서

고정욱

차 례

문구사
장아영센트
설배하
2014

안마 이용권

엄마의 어깨 근육은 정말 말라붙은 밀가루 반죽같이 굳었어요. 처음엔 꼭꼭 주무르려고 했지만 내 조막손으로 잡기조차 힘들어하니까 엄마가 말했어요.

"민경아, 주먹으로 두들겨."

나는 주먹을 꼭 쥐고 번갈아 엄마의 뒷목과 어깨 주변을 콩콩 두들겼어요.

"엄마, 시원해?"

"시원하긴 한데 좀 더 세게 때릴 수 없어?"

주먹에 더욱 힘을 주고 속도를 빨리 했어요. 그러니까 이마에선 땀이 송글송글 맺히는 거예요. 오늘은 내 생일인데 어쩌다 이렇게 엄마를 힘들여 주무르게 되었는지 잘 들어보세요.

오늘 낮에 생일 파티가 우리 집에서 열렸답니다.

"생일 축하합니다~. 생일 축하합니다~. 사랑하는 우리 민경이 생일 축하합니다~!"

우리 집에 온 일곱 명이나 되는 내 친구들의 축하 노래가 끝나자 엄마는 맛있는 음식을 잔뜩

내오셨어요.

떡볶이, 잡채, 미역국, 갈비, 과자, 음료수…….

"니네 엄마 요리 짱이야. 피자나 사주는 엄마들도 많은데 직접 해주셔서……."

"맞아! 이렇게 배부르게 먹어보긴 처음이야."

아이들이 실컷 먹고 배를 문지르며 돌아가자 집에 남은 건 온통 설거지할 그릇들뿐이었지요.

"아이고! 어린 손님들이 남긴 일거리가 산더미구나."

"그러니까 피자집에서 하자니까……."

미안해서 하는 내 말은 아랑곳 않고 엄마는 그릇들을 개수대로 부지런히 옮겨 날랐어요.

케이크의 크림 묻은 접시를 휴지로 닦아내고, 그릇과 수저들을 깨끗이 씻었어요.

나도 곁에서 뭔가 도우려고 했지만 엄마는 말했어요.

“민경아, 엄마 일하는 데 방해되니까 그릇만 이곳 식탁
에 옮겨 놓고 넌 방에 들어가.”

그래서 나는 선물들을 정리했어요. 샤프펜슬에 인형, 동
화책, 학용품같은 것들을 아이들이 잔뜩 선물로 줘서 기분
이 무척 좋았어요.

“헤헤! 매일 이렇게 생일이면 좋겠다.”

한 시간도 더 지나서야 엄마의 설거지가 끝났어요.

“아휴, 힘들다!”

엄마는 그제야 허리를 펴시더니 안방으로 들어가셨어
요. 처음으로 내 생일 잔치를 해주신다며 어제부터 음식 준
비하느라 힘들었던 거지요. 그래서 나도 엄
마에게 뭔가 선물을 해야겠다는 생각
을 했어요.

“뭐가 좋을까? 앞치마? 엄마에겐
이미 하나 있잖아. 그럼, 목도리? 내

가 떠서 드리는 게 아니면 별로인데, 안마기를 사드리면 좋은데 너무 비싸.”

혼자 중얼거리며 이것저것 생각하다가 나는 안마 이용권이 생각났어요. 안마기는 못 사드려도 언제나 온몸이 쑤시고 힘들다는 엄마에게 안마 이용권을 드리면 몸이 뻐근할 때 사용할 수 있을 테니까요.

나는 색종이와 크레파스를 꺼내 30분짜리 안마 이용권을 당장 만들어 엄마에게 건넸어요.

“엄마, 오늘 고생하셨어요. 자, 여기. 선물!”

그러자 엄마는 말했어요.

“야, 민경이 선물 최고다. 이 안마 이용권 당장 써먹어야겠다. 엄마 좀 주물러 줘.”

“당장요?”

그래서 나는 안마를 시작하게 된 거예요.

“아이구, 시원하다. 우리 딸 최고야. 어떻게 이렇게 기특

30분
안마이용권

한 생각을 했지?”

엄마는 내가 어깨와 등을 주무르고 두드리자 연신 시원하다면서 좋아하셨어요.

하지만 이내 내 이마에선 땀이 줄줄 흐르기 시작했어요. 손과 어깨도 뻐근하게 아팠어요. 안마라는 게 이렇게 힘든 건 줄 미처 몰랐어요. 30분짜리 이용권을 엄마에게 드렸으니 약속은 지켜야 하지만 시간이 이렇게 늦게 가는 건 처음이었어요. 손에 감각이 없고 숨이 찼어요. 학교에서 운동장 열 바퀴 도는 것보다 더 힘이 들었어요.

“이제 그만해.”

내가 힘들어하는 눈치를 채셨는지 잠시 후 엄마가 돌아앉아 말했어요.

“우리 딸 힘들었지? 정성껏 엄마를 주물러줘서 시원한 걸. 우리 딸이 최고야.”

“다시는 안마 이용권 안 만들거야.”

엄마가 칭찬해 주었지만 나는 얼얼해서 감각이 없는 손

을 털면서 입이 쑥 나와 말했어요.

그러자 엄마가 웃었어요.

"지금 엄마가 천 원 줄 테니까 엄마 더 주무를 수 있어?"

"아니, 힘들어서 못 해. 돈 아무리 줘도 싫어."

"호호, 그것 봐. 누군가에게 봉사하는 건 참 어려운 일이지? 그래서 엄마는 봉사하는 사람들이 항상 고맙다고 생각한난다."

청소하는 아줌마나 힘든 일하는 사람들을 보면 엄마가 꼭 인사를 하거나 하다 못해 냉수라도 한 잔 가져다주는 이유를 알 것 같았어요.

"자, 이제 나가 놀아도 돼."

맥이 빠져서 집을 나오다 나는 아파트 입구에서 재활용품을 수거하는 아저씨를 만났어요. 잠시 망설이던 나는 용기를 내서 엄마처럼 인사를 했어요.

"안녕하세요? 아저씨, 수고가 많으세요."

아저씨들은 머뭇거리다 이내 활짝 웃었어요.

"그래. 너 아주 착하구나. 인사도 잘 하고……."

아저씨는 축 처졌던 어깨를 쭉 펴셨어요. 생각지도 못한 격려를 나처럼 귀여운 어린이에게 받았기 때문인가 봐요. 그걸 보고 저는 안마 이용권을 많이 만들어야겠다고 생각했어요. 아빠 것, 엄마 것, 아니 할머니 할아버지 것까지…….

우리 반 앵초 담당

꽃을 파는 가게에 예쁜 선생님이 나타났습니다.

"안녕하세요?"

꽃다발을 만들던 주인이 앞치마에 손을 닦으며 손님을 맞았습니다.

"안녕하세요? 그런데 어디서 한 번 뵌 것 같은데……."

"저는 저 옆에 있는 초월초등학교 교사예요."

"아, 선생님, 안녕하세요? 어쩐 일이시죠?"

"손이 안 가도 잘 자라는 화분이 뭐가 있을까요? 교실에서 기르려고요."

"아, 뭐 여러 가지가 있어요. 라벤더라든가 천상초가 있는데, 예쁘면서 손이 안 가는 건 이 앵초가 좋아요."

주인이 앵초 화분을 가리키며 말했습니다.

"아, 그래요? 그런데 정말 손이 안 가나요?"

"그럼요. 이 앵초는요, 야생초를 원예종으로 변종한 겁니다. 추위에도 강하고요, 봄에 꽃이 일찍 피고 오래 가요. 나중에 꽃이 피면 아주 예뻐요."

"키우는 데 주의사항은 없나요?"

"그냥 햇빛 잘 드는 곳에 두시고요. 원래 야생초이기 때문에 그냥 잘 자라요. 그리고 그냥 시든 꽃잎만 좀 따 주고, 물은 흙에만 주면 죽을 일이 없을 거예요."

"아주 좋네요. 그걸로 주세요."

선생님은 앵초 화분을 하나 들고 학교로 갔습니다. 그날은 환경 미화를 위해 모둠마다 화분을 하나씩 사오거나 집에서 가져오라고 시킨 날이었습니다.

그 날 오전, 선생님은 아이들이 집에서 가져온 화분들을 교실 곳곳에 잘 정리해 놓았습니다. 그리고 모둠마다 화분을 관리하도록 책임을 준 뒤 앵초 화분을 들어 보이며 말했습니다.

"자, 선생님도 하나 가져왔다."

선생님은 앵초 화분을 창가에 올려놓고 태민이를 불렀습니다.

"특별히 이 앵초는 태민이가 담당하도록 하겠어요. 태민이를 '앵초 담당'으로 임명한다."

"와, 태민이는 좋겠다!"

아이들이 부러워했습니다. 태민이는 어깨가 약간 으쓱했습니다. 자신에게 이런 임무를 맡겼던 선생님은 한 명도 없었기 때문입니다.

선생님이 태민이에게 특별히 앵초를 맡긴 데에는 이유가 있었습니다. 새로 학년이 꾸려졌을 때, 태민이 엄마는 학교로 직접 찾아와 선생님에게 말했습니다.

“선생님, 우리 태민이는 매사에 자신이 없어요.”

“태민이가요? 성격이 내성적인가요?”

“그런 것도 있지만, 사실 가정 문제도 있어요. 제가 태민이 아빠와 이혼을 했거든요. 그래서 태민이가 우울해졌어요. 매사에 기가 죽어 있고, 남 앞에 나서지를 못해요. 아무리 용기를 북돋아 주려 해도 잘 안 돼요. 선생님께서 좀 격려해 주세요.”

선생님도 어린 시절 아빠가 일찍 돌아가셔서 엄마와 함께 컸던 생각이 나자, 태민이의 어려움이 남의 일 같지 않았습니다.

“어머니, 걱정 마세요. 제가 태민이 기를 잘 살려주겠습니다.”

“잘 부탁드려요.”

그래서 선생님은 궁리 끝에 태민이에게 앵초 화분을 맡겼습니다.

그 뒤로 아이들은 분단별로 경쟁이 붙었습니다. 누구네

화분이 잘 자라나, 분단별로 물도 주고 화분을 가꾸게 되었습니다. 선생님은 생명체를 가꾸는 일만큼 아이들 정서 함양에 좋은 일은 없다고 생각했습니다.

하지만 시간이 지나자 화분에 대한 아이들의 관심은 식어갔습니다. 어떤 화분은 흙이 말라 있기도 했고, 또 어떤 화분은 잎이 시들었는데도 아이들이 거들떠보지 않았습니다. 그걸 보면서도 선생님은 별다른 말을 하지 않았습니다. 태민이만 예상대로 앵초를 소중하게 잘 가꾸고 있었을 뿐입니다.

이윽고 한 달이 지났습니다. 화분들은 대부분 시들시들 말라가고 있었습니다. 선생님은 아이들에게 말했습니다.

"얘들아, 화분들을 누가 제일 잘 길렀나 볼까? 어머, 이쪽 새싹 모둠은 흙이 다 말랐어. 그리고 너희들, 가람 모둠은 잎사귀를 따 주지 않았네. 세상에, 초록 모둠의 화분은 거의 다 죽었잖아."

선생님은 아이들의 화분을 보며 하나하나 문제를 지적

해 주었습니다. 아이들은 모두 고개를 숙였습니다.

"태민이가 기른 이 앵초를 좀 봐."

앵초는 그새 많이 자라서 예쁜 꽃대를 밀어올려 꽃을 피우고 있었습니다.

"얼마나 잘 키웠어. 우리 태민이가 정말 앵초를 잘 키우지? 우리 모두 다 같이 태민이에게 박수!"

아이들이 모두 격려의 박수를 쳤습니다. 그러자 선생님은 모험을 한 번 해 보기로 결심했습니다.

"좋아, 태민아. 너한테 물어볼게. 이 화분들, 네가 나머지 것들도 잘 키울 수 있겠니?"

태민이는 부끄러운 듯 얼굴이 붉어졌지만 곧 고개를 끄덕였습니다.

"그러면 우리 반 화초 반장은 태민이다. 태민이에게 우리 모두 화초를 잘 키워 달라고 다시 한 번 부탁의 박수!"

아이들은 와아 환성을 지르며 박수를 보냈습니다. 태민이는 어깨가 저절로 펴지는 것 같았습니다.

다음날 아침 일찍 교실에 온 선생님은, 가장 먼저 등교한 태민이가 화분마다 정성스럽게 물을 주고 시든 잎을 따주며 돌보고 있는 모습을 보았습니다. 선생님은 일부러 못 본 척 지나갔습니다. 하루이틀 정성을 쏟기 시작하자 화분들은 금세 살아났습니다. 새 잎을 밀어내며 활기를 되찾았습니다.

완전히 시들어버린 줄 알았던 화분들까지도 다시 새싹을 밀어 올리자 모두들 깜짝 놀랐습니다.

“야, 태민아, 너는 정말 손이 마
법사의 손인가봐.”

아이들이 다가와 말했습니다. 태
민이는 씩 웃었습니다.

“별거 아니야…….”

“이렇게 화분을 잘 기르다니, 정말 부
럽다! 우리 화분은 다 죽었었는데, 금세
살아났어.”

“맞아, 맞아!”

아이들은 자기들이 잘 돌보지 못했던 화분이 태민이 손만 닿으면 금세 활기를 띠는 게 신기했습니다. 보름이 지나자, 교실 안의 모든 화분들이 모두 다 활기차게 자라며 잎사귀가 무성해지고 꽃망울이 터져 올랐습니다. 딴 반 선생님들도 와서 모두 바라보고 놀라서 탄성을 질렀습니다.

"와우, 이 반은 뭐 이렇게 화분들이 좋은 게 많아?"

"우리 태민이가 화초 반장이에요. 우리 태민이 손만 가면 저렇게 화분들이 잘 자라요."

어느 날, 선생님은 발표 시간에 태민이를 나오게 했습니다.

"태민아, 넌 어떻게 화초를 그렇게 잘 길렀니? 비결을 한 번 얘기해 줘."

"선생님, 정말요?"

"그래, 얘기해 줘."

그러자 갑자기 태민이는 가방에서 커다란 책을 몇 권 들고 나갔습니다.

"아니, 그게 무슨 책이니?"

태민이가 꺼낸 책은 바로 원예에 관한 책이었습니다.

"선생님이 제가 화초를 잘 키운다고 칭찬해 주셔서요. 어떻게 하면 식물들을 잘 키우는지 공부를 했어요."

선생님은 놀라서 책을 펼쳐 보았습니다. 밑줄까지 치고 옆에다 메모까지 해 놓았습니다.

"어머, 태민아, 너 완전히 원예 박사가 되었구나!"

멋쩍은 듯이 태민이는 뒷머리를 긁었습니다. 그러자 반장인 종식이가 말했습니다.

"선생님, 태민이 정말 잘해요. 마치 마법사같아요."

"맞아요, 그래서 우리들도 태민이 볼 때마다 잘한다고 막 그랬어요."

태민이가 부끄러운 듯이 말했습니다.

"사실 제가 그동안 칭찬을 별로 받아본 적이 없어요. 그런데 서생님께서 화분 잘 기를 거라고 격려해 주셔서 그때부터 용기가 났어요. 책도 제가 저금했던 돈으로 산 거예요."

선생님은 가슴이 뭉클해졌습니다. 눈에서 눈물이 고이

려는 것을 애써 참았습니다. 자신이 해 준 작은 격려 하나가 태민이에게 용기를 주고 삶에 전환점이 된 것 같았기 때문입니다.

"자, 여러분, 우리 모두 태민이에게 뜨거운 박수!"

아이들은 박수를 보냈습니다. 태민이 얼굴에 환하게 웃음꽃이 피었습니다.

"자, 태민이는 앞으로 꿈이 뭐니?"

"저는 우리나라 최고의 원예 학자가 될 거예요."

"그래?"

"네, 그래서 아름다운 정원을 만들어서 선생님과 친구들을 모두 다 초대할 거예요."

"그럼 우리 모두 다 열심히 노력해서, 나중에 태민이가 우리나라 최고의 원예 박사가 되도록 도와주자!"

"네에~!"

다시 한 번 뜨거운 박수가 교실에 울려 퍼졌습니다. 작은 격려가 큰 기적을 만들어 낸 것입니다.

아빠의 선물

자물쇠의 비밀 번호를 누른 뒤 아빠는 별장 문을 열고
들어갔습니다.

"야, 멋지다!"

뛰따르던 아이들은 신이 났습니다. 통나무로 만든 집안
에 아빠와 엄마는 먹을 것들을 들여놨습니다. 아빠는 부산
하게 보일러를 켜고 벽난로에 불을 피웠습니다.

"벽난로야!"

은비와 은진이는 난로 옆에서 불을 쬐었습니다. 오랫동

안 비워둔 집이어서 퀴퀴한 냄새가 조금 났지만 벽난로를 때니 이내 냄새도 사라지고 따뜻해지는 것 같았습니다.

"아빠, 이 집은 이 벽난로로 따뜻하게 해요?"

추워서 아직도 파카를 벗지 못하고 있는 은비가 물었습니다.

"응. 보일러를 켰으니까 금방 따뜻해질 거야."

은비네 가족은 아빠 친구의 별장을 빌려 모처럼 이곳 경기도 가평에 놀러 오게 되었습니다.

가족들은 마당에서 모닥불을 피워 고기도 구워 먹었습니다.

“별장에 오면 이런 걸 해먹는 게 제대로 노는 거야.”

“정말이에요. 맞아요, 맞아.”

“야! 삼겹살 맛있어요.”

아이들은 재잘재잘 쉴 새 없이 떠들었습니다.

엄마와 아빠는 포도주를 한 잔 마시며 분위기를 잡았습니다.

“야, 저 별 좀 봐, 별!”

시골에 오니까 겨울 밤 하늘에 별은 정말 많았습니다. 그대로 손을 뻗으면 톡 딸 수 있을 것만 같았습니다.

“아빠, 저 별은 무슨 별이야?”

“응, 저 별은 오리온이야. 별 세 개가 나란히 있지? 그래서 삼태성이라고도 부르지.”

은비네 가족은 그렇게 바깥에서 추운 줄도 모르고 맑은 공기를 마시며 재미나게 놀다 집에 들어왔습니다.

“여보, 방이 아직도 좀 추운데?”

“보일러 켠 지 얼마 안 되었잖아. 좀 기다리면 따뜻해지

겠지. 어서 잡시다.”

밤늦은 시간이 되었습니다. 가족들은 한 침대에 네 명이 꼭 끌어안고 잠을 청했습니다.

“아빠, 추워!”

“괜찮아. 곧 따뜻해질 거야. 어서 잠 자. 토닥여줄게.”

엄마와 아빠가 각자 은비와 은진이를 끌어안고 자장가를 불러주었습니다. 아이들은 잠시 칭얼대다 이내 잠이 들었습니다. 하지만 아빠는 방안 공기가 빨리 따뜻해지지 않자 고개를 갸웃했습니다. 입에서 입김이 날 정도였기 때문입니다.

“이상하다! 보일러는 아까 켰는데.”

혹시나 싶어 보일러를 살펴본 아빠는 깜짝 놀랐습니다. 연료통을 두들겨 보니 기름이 한 방울도 없었기 때문입니다.

“어, 이게 어떻게 된 일이지?”

자세히 살펴보니 기름 탱크 한쪽 밑에 구멍이 나서 기름이 다 새어 나간 것이었습니다.

“이런, 관리를 안 해서 몰랐구나. 어떡하지? 지금 기름을 주문할 수도 없고…….”

아빠는 방에 들어와 엄마에게 말했습니다.

“여보, 탱크에 기름이 없어.”

“네? 정말이에요?”

“응, 기름통에 구멍이 나 있는 걸 몰랐네.”

"그럼, 어떡해요? 추워서 애들 감기 걸릴 텐데……."

아빠는 잠시 고민을 했습니다. 아이들은 이미 잠이 들었는데 코가 시린지 빨개져 있습니다. 이대로 여기에서 밤을 새울 수는 없었습니다.

“어쩌겠어? 집으로 가야지. 밤새 추위에 떨 순 없잖아.”

엄마는 부리나케 짐을 쌌습니다. 아이들은 그것도 모르고 코만 내놓고 이불을 뒤집어 쓴 채 잠이 들었습니다.

차에 시동을 걸고 돌아온 아빠는 은비를 안아서 날랐습니다. 동생인 은진이는 엄마가 안았습니다. 차에 태우자 아이들은 비좁아 몸부림을 쳤습니다. 하지만 차 안이 따뜻하다는 것을 알고 이내 깊은 잠에 빠졌습니다.

"여보, 당신도 누워서 자. 내가 운전할 테니까."

"당신 힘들겠다. 조심해서 운전해요."

"응, 괜찮아."

엄마도 하루 종일 여행 준비를 하고 와서 청소하고 저녁을 짓느라 지쳤는지 이내 잠이 들었습니다. 아빠는 조심스럽게 별장 문을 잠그고 차를 몰아 숲길을 내려왔습니다. 사방은 온통 어둠뿐이었습니다. 꼬불꼬불한 숲길을 내려 오면서 아빠는 생각했습니다. 이렇게 모처럼 휴가를 받아서 시골에 내려왔는데 집으로 돌아가야 한다면 너무나 아까웠습니다.

아빠의 이런 마음을 아는지 모르는지 뒤에 있는 가족 세 사람은 편안하게 잠이 들었습니다. 아빠가 조심해서 안전하게 운전한다는 사실을 잘 알기 때문이지요.

다음날 새벽이었습니다. 잠들었던 은비와 은진이가 눈

을 떴습니다.

"어! 여기가 어디야?"

바깥은 아직도 어두운데 차는 시동이 걸려 있었습니다. 훈훈한 기운이 차 안에 가득했습니다. 아빠도 운전석을 약간 젖힌 뒤 누워 있었습니다.

"아빠, 여기 어디에요?"

"응. 너희들 일어났니?"

아이들이 떠들자 엄마도 눈을 떴습니다.

"여보, 아직도 집에 안 온 거야?"

"아침 다 됐어. 지금 새벽 6시야."

"정말? 여기 어딘데?"

"음. 여기 정동진."

"응? 정동진이라구?"

엄마는 정신이 번쩍 들었습니다.

"그대로 집에 갈 수 없잖아! 그래서 밤새 내가 설악산 넘어왔어. 해뜨는 거 보려고……."

“당신 어떻게 운전했어? 피곤했겠다.”

“조심조심 운전했지. 법규를 지키면서……. 별거 아니야.
밤에 혼자서 한계령 넘어오니까 좋더구만.”

“정말?”

“저기 봐. 해 뜨잖아.”

멀리 동해 바다 위의 하늘이 붉게 열리면서 해가 떠올랐습니다.

"여보, 정말 감동이야!”

“그렇지? 자, 우리 아침 햇살을 바라보면서 추억을 만들어볼까?”

“아빠, 고마워요!”

“우리 아빠 최고야!”

은비와 은진이가 아빠 뺨에 뽀뽀를 했습니다. 아빠가 받은 최고의 선물은 바로 가족들의 사랑 가득 담은 칭찬이었습니다.

네 사람은 그 장관을 구경하면서 꼭 끌어안고 오래오래 행복하게 살기로 결심을 했습니다. 생각지도 않게 동해안 해돋이를 볼 수 있었던 건 아빠가 밤새 조심해서 운전한 덕분에 받게 된 크나큰 선물이었습니다.

대학생 형이
세 번 놀란 이유

토요일 오후 낯선 사람이 상구네 집으로 찾아왔습니다.

청바지에 티셔츠를 입고 두꺼운 뿔테 안경을 쓴 대학생이

었습니다.

"계십니까?"

"누구세요?"

부엌에서 일하던 엄마가 앞치마에 손을 닦으며 황급히

나가보았습니다.

"여기가 상구네 집 맞죠? 저희 교수님이 가보라고 하셔

서요.”

“아, 네. 어서 오세요.”

엄마는 반색을 하며 손님을 맞았습니다.

“누추하지만 이리 앉으세요.”

엄마는 대학생을 거실로 안내했습니다. 거실에서 텔레비전을 보던 상구의 아빠도 일어나 반갑게 손님을 맞아주었습니다.

“쉬셔야 하는데 토요일 날 오시게 해서 죄송합니다. 제가 상구 애빕니다.”

“아, 안녕하세요? 저는 방인식이라고 합니다.”

“교수님께 말씀 많이 들었어요. 아주 우수한 학생이시라구요.”

“뭐 그렇지도 않습니다.”

아빠는 대학생과 이야기를 나누고 어머니는 음료수를 준비했습니다.

“말씀 들으셨겠지만 저희 상구가 몸이 불편해요.”

“네. 알고 있습니다.”

상구는 온몸의 근육이 굳어 가는 근육병을 가진 장애아입니다. 그래서 학교 다니는 것은 포기해야만 했습니다. 학교를 억지로 가면 못 갈 것은 없지만 자칫 잘못해 다치기라도 하면 크게 위험했기 때문입니다.

“그런데 상구는 어디 있지요?”

대학생 형이 상구를 보고 싶어했습니다. 사실 상구는 방 안에서 두 귀를 쫑긋 세워 이 소리를 다 듣고 있었습니다.

“상구야, 어서 나와 봐라. 선생님 오셨다.”

엄마가 방문을 열고 들어와 상구가 타고 있는 휠체어를 거실로 밀고 나갔습니다. 근육에 힘이 없고, 점점 말라가기 때문에 상구는 이렇게 휠체어 신세를 져야만 했습니다.

“네가 상구구나. 반갑다.”

방 선생님은 상구를 보더니 반갑게 미소를 지었습니다.

“아, 안녕하세요?”

상구는 말을 잘 안 듣는 몸을 움직여 간신히 인사를 했습니다.

"이거 선물이야."

대학생은 들고 온 물건을 내밀었습니다.

"네가 책을 좋아한다고 해서 가져왔단다."

그 말을 듣는 순간 상구는 너무나 기뻤습니다. 안 그래도 집에 있는 책은 읽고 또 읽어서 이미 다 외울 정도가 되었던 것입니다. 새 책을 읽는다는 건 상구의 유일한 즐거움이었습니다.

"가, 감사합니다!"

"내가 듣기로는 동화작가 되는 게 꿈이라면서?"

"네. 맞아요."

상구가 동화작가의 꿈을 가진 건 어쩌면 자연스러운 일인지도 모릅니다. 많은 동화책을 읽다 보니 이제는 이야기를 만들어낼 수 있을 정도였기 때문입니다.

"쓴 글 좀 볼 수 있을까?"

상구는 부끄러운 듯 준비한 동화를 내밀었습니다. 그동

You can fool all the people some
of the time and some of people
all the time but you cannot
fool all the people all the
time.

안 써서 모은 게 제법 많았습니다. 프린트로 뽑은 게 수십 장이었으니까요.

"오, 많이 썼구나!"

대학생은 상구의 글을 받아 소파에 자리를 잡고 앉았습니다.

"좀 읽어보겠습니다."

"그러세요."

아빠와 엄마는 마치 자신들이 심사받는 아이처럼 조마조마한 얼굴로 고개를 끄덕였습니다.

대학생이 글을 읽을 동안 상구는 방으로 들어와 선물로 받은 책을 읽기 시작했습니다.《닐스의 모험》이라는 책이었는데 주인공이 거위의 등을 타고 날아가는 이야기입니다. 말썽꾸러기 닐스는 요정의 마법에 걸려 몸이 작아진 뒤 거위를 타고 모험을 떠나게 됩니다. 상구는 그 동화를 읽으며 자신이 하늘을 나는 것 같은 착각에 빠졌습니다. 사탕을 먹듯 침을 꼴깍꼴깍 삼키며 정신없이 읽다보니 어느새 마지막 책장을 넘기고 말았습니다.

'아, 정말 재미있다! 이런 책이 더 있었으면 좋겠다. 우리 집이 서점이면 얼마나 좋을까!'

나중에 커서 동화작가 되는 게 소원인 상구는 집에 책이 많았으면 참 좋겠습니다. 아니면 도서관이어도 좋을 것 같았습니다.

하지만 그것은 소원에 불과할 뿐입니다.

백설탕

“상구야, 네 글 다 읽었다.”

그때 대학생이 마침 문을 열고 상구의 방으로 들어왔습니다.

“저도 책 다 읽었어요.”

“정말이니?”

“네.”

대학생은 놀랐습니다. 그러더니 상구의 휠체어를 밀고 거실로 나갔습니다.

“상구 아버님, 어머님. 상구에게 오늘 제가 세 번 놀랐습니다.”

아빠 엄마와 상구는 말없이 대학생의 입만 바라봤습니다.

“첫째는 상구가 장애가 있지만 동화작가가 되겠다는 꿈을 가진 것이 놀라웠습니다. 제가 만난 다른 아이들은 멀쩡하게 건강한데도 별다른 꿈을 갖지 못했거든요. 저는 사람이 꿈을 가지고 있으면 언젠가는 꼭 이룬다고 믿고 있습니다.”

“감사합니다.”

아빠가 고개를 숙였습니다.

“두 번째로 놀란 건 상구가 쓴 글의 수준입니다. 소질이 있는 정도가 아니라 당장 어린이 동화작가가 되어도 충분할 것 같아요. 책을 많이 읽어서인지 문장력이 매우 뛰어납니다.”

“저, 정말 감사합니다!”

이번엔 엄마가 눈물을 글썽이며 말했습니다.

“그리고 마지막 세 번째로 놀란 건 바로 상구가 책을 정말 좋아한다는 사실입니다. 책을 준 지 얼마 지나지 않았는데 그새 다 읽었습니다. 이렇게 집중력 있게 책 잘 읽는 아이는 처음 봤습니다.”

그러자 상구는 떨리는 목소리로 말했습니다.

“고, 고맙습니다!”

“그래서 제가 내린 결론은……..”

아빠, 엄마, 그리고 상구는 모두 숨을 죽였습니다.

“상구를 가르칠 수 있는 영광을 저에게 주셔서 감사하다
는 겁니다.”

그 말을 듣는 순간 상구네 가족의 얼굴엔 웃음꽃이 활짝
피었습니다. 장애를 가진 아들이 남에게서 듣는 큰 칭찬이
었기 때문입니다. 그날 저녁 때까지 상구네 집에서는 웃음
꽃이 사라지지 않았습니다. 상구의 가슴에는 꿈을 향해 나
아가고야 말겠다는 강한 의지가 구름처럼 샘솟았습니다.

샤프펜슬과 만년필

　희철이를 기다리는 동안 동구의 마음은 두근두근 뛰고 있었습니다. 가슴이 설레고 오래전 과거로 돌아가는 것만 같았기 때문입니다.

　이윽고 식당문이 열리더니 희철이가 걸어 들어왔습니다. 두꺼운 안경을 쓰고 세련된 모습을 한 그였지만 역시 나이는 속일 수 없나 봅니다. 머리가 약간 벗겨져서 이마가 훤했습니다.

　"동구 아니냐?"

가 46
MENU

“희철아, 오랜만이다.”

“반갑다. 이거 30년도 더 됐구나.”

중중 지체장애인인 동구는 휠체어에 앉은 채로 희철이
를 맞이했습니다. 둘은 초등학교 동창입니다. 이렇다 하게
친한 사이도 아니었지만 같은 반이었던 건 사실입니다.

“그래, 어떻게 지냈어?”

“나? 그냥 한국에서 글 쓰고 작가로 살고 있어. 너는 호주에 이민 갔다더니?”

“그래. 이민 갔다가 한 삼십 년 살아 보니까 한국이 그리워서 돌아왔다.”

“반갑다!”

동창인 두 사람은 어린 시절을 생각하며 식사를 함께 했습니다.

“자, 우리 맛있는 거 먹고 오랜만에 옛날 얘기나 좀 하자꾸나.”

“그래, 그러자.”

“가만, 주문하기 전에 내가 너에게 줄 게 있어.”

동구는 품속에서 조그마하게 포장한 선물을 꺼냈습니다.

“그게 뭐냐?”

“선물이야.”

“네가 무슨 선물을……?”

희철이는 예쁘게 싼 포장지를 뜯었습니다. 포장지를 뜯

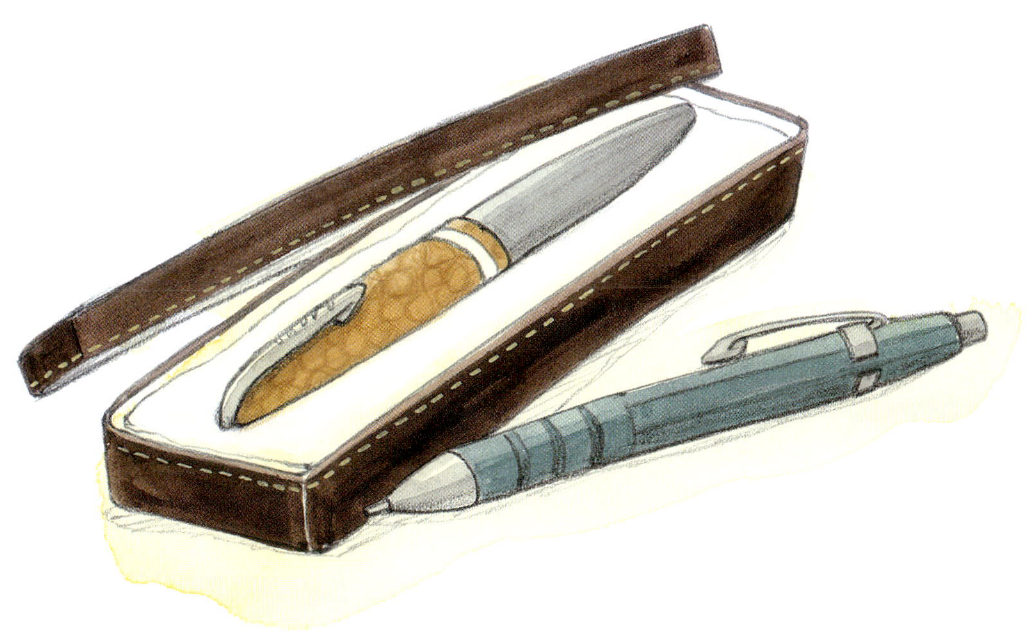

자 나온 것은 최고급 만년필이었습니다.

"아니, 이건 뭐야?"

어려서 소아마비에 걸렸던 동구는 조회나 체육 시간이면 교실을 지키는 것이 임무였습니다.

그날도 어김없이 아이들은 체육복을 갈아입고 후다닥 운동장으로 튀어나갔습니다. 담임 선생님이 늦는 녀석들을 꼭 벌주기 때문입니다. 마지막 아이까지 달려나가자 교실에는 정적이 가득했습니다. 우두커니 앉아 자리를 지키는 건 동구뿐이었습니다. 이렇게 혼자 남겨지면 동구는 가끔 창밖을 내다보면서 아이들이 체육 수업 받는 모습을 내다 봅니다. 어려서 장애인이 된 동구이기에 체육이 어떤 것인지 알 수가 없습니다. 그저 자신은 나갈 수 없으니 교실을 지키는 게 할 일이라는 생각이 가슴속에 자리를 잡은 지 오래기 때문입니다.

잠시 창밖을 내다보던 동구는 학급문고를 꺼내 읽기 시작했습니다. 얼마나 지났을까요. 갑자기 교실 문이 열리더니 6학년쯤 되어 보이는 아이가 들어왔습니다.

"너 혼자 교실 지키냐?"

"응."

불량하게 생긴 그 아이는 슬슬 교실을 돌더니 자리 한 곳에 앉았습니다. 그곳이 바로 희철이의 자리였습니다. 이렇게 수업을 빼먹는 선배 학생들이 가끔 아래 학년의 반에 와서 돌아다니는 일이 가끔 있었습니다. 물론 수업이 끝나기 직전에 그런 학생들은 재빨리 자기들 교실로 돌아가곤 합니다.

　3학년인 동구는 6학년 선배에게 뭐라 말 못 하고 신경을 곤두세운 채 쳐다볼 뿐입니다. 장애인인 동구가 뭘 어찌하려 해도 할 수가 없습니다. 희철이 자리에 앉은 그 6학년은 펼쳐 놓은 희철이의 책을 뒤적이며 한동안 앉아 있었습니다. 신경이 쓰여서 동구는 책을 제대로 읽을 수가 없었습니다. 전에도 그렇게 슬쩍 왔다가 돌아가는 아이들이 있었기에 별 문제는 없으리라 생각했지만 마음은 놓이지 않았습니다.

　체육 시간이 끝날 무렵이 되자 6학년은 슬슬 일어나더니 뒷문으로 나갔습니다. 빈손으로 나가는 것을 확인하고 동구는 가슴을 쓸어내렸습니다.

　그러나 문제는 아이들이 교실로 돌아온 다음에 일어났습니다. 땀을 흘리고 돌아온 아이들이 체육복을 갈아입고 있을 때 희철이가 동구에게 다가왔습니다.

　“동구야. 혹시 체육 시간에 누가 교실에 들어왔었냐? 내 샤프펜슬이 없어졌어.”

동구는 가슴이 철렁 내려앉았습니다.

"뭐, 뭐라고? 사실은 아까 6학년이 와서 네 자리에 앉아 있었어."

"그랬니?"

그런데 희철이는 그걸로 끝이었습니다. 자리에 돌아가서 조용히 앉는 것이었습니다.

동구는 가슴이 콩닥콩닥 뛰었습니다. 교실을 지키는 것은 자신의 의무였는데 그걸 소홀히 한 셈이었기 때문입니다. 분명히 그 아이가 샤프펜슬을 집어간 게 확실했습니다. 그러나 들어오는 아이를 막을 수도 없고, 나가는 걸 붙잡아 빈손인지 아닌지 확인할 길도 없었습니다. 희철이의 짝이었던 용국이가 나중에 말해주었습니다.

"야, 희철이 독일제 샤프 가지고 있었는데 잃어버렸다."

"어떡하지? 내가 물어줘야 하나?"

아닌게 아니라 희철이가 물어달라고 하면 물어줘야 할 형편이었습니다.

하지만 더 이상 희철이는 말이 없었습니다. 그 후 희철이는 중·고등학교와 대학을 거쳐 호주로 이민 갔다는 소식만 들었습니다.

동구의 이야기를 다 들은 희철이가 고개를 끄덕이며 말했습니다.

"그래, 기억난다. 그런데 만년필 아니었는데?"

"맞아, 샤프였어. 하지만 그때 네가 비싼 물건 잃어버렸는데도 나한테 한 마디도 원망하지 않은 게 너무 고마워서 내가 준비했다. 널 보면 언젠가 이 만년필로 한 번 갚으리라 생각은 했었어."

"녀석, 그런 걸 가지고 뭘 그러냐? 이미 지나간 일인 걸. 이런 만년필 필요없다."

희철이가 되돌려 주려 하자 동구는 자꾸 사양했습니다. 동구의 뜻이 강한 것을 보고 희철이는 만년필을 품에 넣었습니다.

“그런데 하나 궁금한 게 있어. 그때 너는 왜 나한테 물어 내라고 안 했니? 물어달라면 물어줄 수 있었는데.”

동구가 묻자 희철이가 조용한 목소리로 말했습니다.

“동구야. 나는 체육 시간에 네가 창가에서 우리 내다보는 걸 봤어.”

“…….”

“그걸 보면서 너는 얼마나 우리와 함께 뛰어 놀고 싶을까 생각했어.”

그 말을 듣는 순간 동구는 가슴이 울컥했습니다.

“그런 너한테 어떻게 물어달라고 그래? 교실 지키는 게 네가 원해서 한 것도 아니고, 그리고 힘도 없는 네가 교실 들어오는 선배를 막을 수도 없는 거잖아. 그래서 그냥 없던 셈 친 거야.”

동구는 더 할 말을 잃었습니다. 어리지만 속이 깊었던 희철이가 새삼 고마웠습니다.

“고, 고맙다!”

“아냐. 내가 고마워. 네가 몸도 불편하면서 훌륭한 작가
가 되었는데도 그런 일을 잊지 않았잖아. 앞으로도 좋은 작
품 많이 쓰기 바란다.”

희철이는 손을 건네 동구의 손을 굳게 잡았습니다. 그건
백 마디 말보다 더 강한 칭찬이고 격려였습니다. 동구는 이
런 좋은 친구를 갖고 있는 자신이 너무도 행복했습니다.

기통과 문방

1970년대, 우리나라가 한참 잘 살려고 노력하던 때의 일입니다. 창조국민학교 교문이 닫히려고 했습니다. 아이들이 모두 다 등교했기 때문입니다. 그때 철문을 닫는 수위 아저씨 눈에 꼬마 하나가 뛰어오는 게 보였습니다.

"아저씨! 아저씨! 잠깐만요!"

헐레벌떡 달려온 민철이는 이제 막 닫히는 교문 사이를 통과해서 아무도 없는 운동장을 헐레벌떡 달려갔습니다.

"어허, 저 녀석 또 늦었어!"

수위 아저씨가 혀를 차는 아이 민철이
는 바로 학교 코앞에 있는 〈우리 문방구〉
에 살고 있지만 늘 늦잠을 자서 매일 이렇
게 지각을 합니다. 복도를 뛰어 교실로 들
어가니 선생님은 수업을 시작하려다가 민
철이를 보았습니다.

"민철이, 또 지각이야?"

"죄송합니다."

땀을 닦으며 민철이가 자리에 앉았습니
다. 옆자리에 앉은 친구 형석이는 말없이
민철이를 바라보고는 교과서를 폅니다.

형석이는 일산에서 기차로 통학하는 아
이입니다. 당시의 일산은 지금과 같은 아
파트 촌이 아니라 허허벌판, 농사짓는 땅
이었습니다.

중학교를 가려면 국민학교부터 서울에 있는 좋은 학교를 가야 한다고 농사 짓는 아버지 어머니가 기차를 태워서 서울의 학교로 보냈습니다. 물론 혼자 오는 것은 아니고, 중학교 다니는 형과, 고등학교 다니는 누나와 함께 기차 통학을 하는 거였습니다. 신촌역에 내려서 학교까지 걸어와야만 했습니다. 그래서인지 기차 시간을 맞추다 보면 항상 민철이와 다르게 형석이는 일등으로 학교에 옵니다. 아침 7시 반이면 학교에 도착해서 교실 문을 열고 들어가는 형석이의 별명은 기통입니다. 기차를 타고 통학한다는 뜻에서 생긴 별명입니다.

반면에 짝인 민철이는 이렇게 매일 지각을 하니 문방구 집 아들이 지각한다고 별명이 문방이 되었습니다.

"야, 문방. 넌 좀 일찍 오면 안 되냐? 내가 너라면 정말 일찍 오겠다. 집도 가깝고……."

"야, 기통. 넌 기통이니까 일찍 오지. 내가 뭐 하러 학교 앞에 사는데 일찍 오냐?"

친한 두 아이는 쉬는 시간에 서로 장난으로 시비를 걸었습니다.

“지각이 내 취미잖아. 교문 닫는 순간에 달려 들어오는 스릴을 네가 아냐? 모르지? 하하하하!”

“그러면 아무도 오지 않은 학교를 걸어 들어오는 기쁨을 네가 아냐?”

형석이와 옥신각신은 하지만 민철이는 사실 내일부터 열심히 부지런을 떨어 일찍 와야겠다고 생각해 봅니다.

하지만 오래도록 든 버릇은 쉽게 고쳐지지 않았습니다. 한 번 잠들면 역시 다음날 아침에 또 지각입니다. 부모님도 별로 신경을 못 씁니다. 아침에 한바탕 아이들이 물건을 산다고 몰려들어와 문방구를 뒤집어놓으면 정신이 하나도 없기 때문입니다. 아이들 발걸음이 한풀 꺾였을 때에서야 비로소 민철이를 깨우니 민철이는 늘 지각할 수밖에 없습니다.

그러던 어느 날이었습니다. 그날도 늦어 담임 선생님께 야단맞는 민철이를 보고 형석이가 말했습니다.

"선생님, 제가 학교 오면서 매일 민철이를 깨우고 오면 어떨까요?"

"뭐?"

"아침에 제가 깨우면 그때 일어나서 민철이가 밥 먹고 일어나서 세수하고 와도 지각하지 않을 텐데요."

듣고 보니 그럴듯한 말이었습니다.

"그래? 그럼 형석이 부탁한다. 내일 한번 해봐."

"네, 선생님, 걱정 마세요."

그래서 민철이는 형석이와 약속을 했습니다. 아침 일찍 깨워 주기로…….

"형석아, 고마워."

"그래. 몇 번만 깨워 주면 버릇이 돼서 지각 아 할 거야."

"알았어."

집에 돌아가면서 민철이는 내일이 기다려졌습니다.

다음날 아침이 되었습니다. 민철이는 밤새 꿈을 꾸다가 엄마가 깨우는 소리에 눈을 떴습니다.

"민철아, 학교 가야지. 또 늦었겠다. 너."

"어, 형석이는?"

"형석이가 오긴 왜 와? 애들 다 갔어. 빨리 뛰어."

민철이는 정신없이 일어나서 세수를 하고 이를 닦은 뒤 부랴부랴 밥을 먹는 둥, 마는 둥 하고 문방구를 뛰쳐나왔습니다.

"형석이, 이 자식, 나쁜 녀석이야. 혼내줄 거야."

교문이 닫히려는 순간 아슬아슬하게 들어간 민철이는 헐레벌떡 교실로 달려갔습니다. 담임 선생님이 눈을 부라리자 지레 겁먹고 말했습니다.

"형석이가요, 깨워주기로 했는데요……."

"형석이 아직 안 왔다."

고개를 돌려보니 정말 민철이 옆자리는 텅 비어 있었습니다.

선생님은 수업을 시작했습니다. 자리에 앉은 민철이는 옆자리가 허전해지자 이상했습니다.

"형석이가 왜 안 왔지? 아픈가? 어떻게 된 일이지?"

1교시가 20분 정도 진행됐을 때였습니다. 갑자기 교실문이 드르륵 열렸습니다. 거기에는 온몸이 땀으로 젖은 형석이가 서 있었습니다. 아이들은 모두 고개를 돌려 바라보았습니다.

"형석아, 어떻게 된 일이니?"

선생님이 깜짝 놀라 물었습니다.

"서, 선생님, 죄송해요. 기차가요, 오다가 수색에서 고장 났어요."

"그래? 그래서 어떻게 했어?"

"기차에서 내려서 두 시간 동안 걸어왔어요."

온몸이 땀으로 젖은 형석이는 비틀거리며 교실에 들어

와 자리에 앉았습니다. 선생님은 그걸 보고 눈시울을 붉힐 뿐 아무 말도 하지 못했습니다. 민철이는 형석이의 땀에 젖은 몸을 보며 깨달았습니다. 먼 곳에서 오지만 형석이는 오늘 같은 날 학교를 오겠다고 두 시간을 걸어서 오는데 자신은 불과 열 걸음도 안 떨어져 있는 곳에 살면서 만날 지각했다는 것이 창피했습니다.

"민철아, 미안해. 내가 깨워주지 못했지?"

"아니야, 형석아. 내가 미안해. 내가 너무 게을렀어. 내일부터는 정말 일찍 일어날 거야."

"그래, 민철아. 학교 앞에 산다는 게 얼마나 좋은 일인지 네가 몰라서 그래. 난 네가 부러워. 넌 잘할 수 있을 거야. 내가 도와줄게."

오히려 형석이는 민철이를 격려해 주었습니다.

다음날부터 형석이는 약속대로 민철이를 깨웠고, 민철이는 일주일 정도 형석이가 깨우자 알아서 일찍 일어나 학교에 오게 되었습니다. 아무도 오지 않은 학교를 일찍 걸어 들어오는 기쁨을 알게 된 뒤로 민철이는 더 이상 지각하지 않게 되었습니다. 이는 모두 부지런한 형석이가 민철이에게 할 수 있다고 격려해 준 덕분입니다.

먼저 내민 손

　민촌초등학교 회의실 안의 분위기는 무거웠습니다. 오늘 이 회의실에서는 학교 폭력 자치 회의가 열리는 중이었습니다. 교장 선생님도 앉아 있고 교감 선생님과 학교의 자치 위원들도 모였습니다. 민식이와 철민이, 그리고 준혁이 세 아이의 엄마들도 보였습니다. 세 아이는 큰 잘못을 저질러서 이곳에 왔습니다. 자연히 분위기가 무거울 수밖에 없었습니다.

　잠시 후 문이 열리자 아름이와 아름이의 아빠가 담임 선생님과 함께 들어섰습니다. 아름이는 키가 1미터 남짓한 저신장 장애아였습니다. 허름한 복장을 한 아름이의 아빠는 문턱을 넘어서면서 기다리고 있는 사람들에게 먼저 인사를 했습니다.

"아, 안녕하세요?"

교장 선생님은 헛기침을 하고 자리에서 일어섰습니다.

"아름이 아버님, 어서 오세요. 이쪽으로 앉으시죠."

창가 쪽으로는 세 아이가 엄마들과 함께 앉았고, 복도 쪽으로는 아름이가 아빠와 함께 앉았습니다. 마치 마주보고 회담을 하는 것 같았습니다. 봄이 무르익어 이곳 민촌초등학교에는 봄바람이 살랑살랑 불었지만, 회의실에는 아직 찬바람이 쌩쌩했습니다.

"자, 다들 모이셨으니까 회의를 시작하겠습니다."

교장 선생님이 무거운 얼굴로 말했습니다.

"아시다시피 일주일 전에 우리 학교에서 불미스러운 일이 벌어졌습니다. 여기 있는 민식이, 철민이, 준혁이가 우리 학교 하급생인 아름이를 폭행하고 금품을 빼앗은 사건입니다. 우리 학교에서 처음으로 벌어진 일이었습니다. 교장으로서 책임을 통감합니다. 그래서 오늘은 여러 가지 이야기를 듣고 이 문제를 어떻게 해결할 것인지 가해자들과 피해자를 모아서 이야기를 듣고자 합니다.”

사건은 이랬습니다.

일주일 전 집에 가던 아름이는 골목길에서 같은 학교의 민식이와 철민이, 준혁이에게 잡혔습니다. 6학년인 세 아이는 덩치도 크고 껄렁껄렁한 아이들입니다. 공부보다는 놀기를 좋아해 성적도 안 좋은데다, 이미 사춘기가 와서 이마에는 여드름도 나 있었습니다. 이들은 3학년밖에 안 된데다가 키가 유난히 작은 아름이를 붙잡아 골려줄 생각이었습니다.

“야, 애자! 너 주머니에 돈 있는 거 다 꺼내 봐.”

장애아인 아름이를 세 아이는 애자라 부르며 붙잡아다

전
30
n

괴롭히는 중이었습니다.

"어, 얼마 없어."

아름이는 덜덜 떨면서 주머니에서 돈을 꺼냈습니다. 천 원 짜리 한 장이 나왔습니다. 아빠가 집에 오다가 배고프면 간식 사 먹으라고 준 돈이었습니다.

"내놔! 임마."

민식이와 철민이, 준혁이는 천 원을 뺏은 다음에 자신도 모르게 서로 으스대는 마음에서 아름이를 툭툭 건드리기 시작했습니다.

"야, 너는 키도 안 크냐, 이 녀석아? 이렇게 작아 가지고 어디에다가 쓰냐?"

"미안해 형. 내가 잘못했어."

아름이는 잘못한 것이 없는데도 불구하고 용서를 빌었습니다.

"자식아, 누가 너 잘못했대?"

민식이가 아름이의 머리에 꿀밤을 세게 먹였습니다. 민

식이는 집에서 만날 아빠가 엄마를 때리면 엄마가 맞으면서 잘못했다고 비는 것을 생각하자 자신도 모르게 화가 났습니다.

"아야, 때리지 마! 잘못했어."

때리지 말라는 말을 듣자 민식이는 더욱 더 화가 치솟았습니다.

"이 자식이, 누가 잘못했다 그러래?"

이성을 잃은 민식이가 아름이를 마구 때리기 시작했습니다. 철민이와 준혁이도 합세해서 아름이에게 발길질을 하고 주먹으로 쳤습니다.

"야, 너희들 누구야? 왜 약한 애 괴롭히냐!"

그때 학교 주변을 청소하던 기사 아저씨가 소리쳤습니다. 현장을 들키자 민식이와 철민이, 준혁이는 도망을 쳤습니다. 하지만 이미 기사 아저씨가 누가 잘못했는지 다 알고 있었기 때문에 이렇게 사건이 커진 것입니다.

아름이를 때린 세 아이의 부모들은 모두 얼굴이 굳었습니다. 다들 바빠서 아이들을 잘 돌보지 못해 아이들이 거칠어지고 문제를 일으킨다는 사실을 알고는 있었습니다. 하지만 이렇게 자기 아이가 큰 잘못을 저질러 학교에서 회의까지 열릴 줄은 몰랐습니다.

교장 선생님이 어두운 얼굴로 말했습니다.

"약자이고 장애아인 아름이를 세 학생이 폭행하고 금품을 갈취한 것은 분명히 잘못된 행동입니다. 각자 의견을 진술할 기회는 나중에 주겠습니다. 먼저 피해자인 아름이 아버님께서 말씀을 하시죠."

아름이 아빠가 조심스럽게 일어났습니다. 때린 아이들을 비난하며 화를 낼 것이 뻔했기 때문에 그 자리에 있는 사람들은 다 조마조마한 마음이었습니다. 그런데 아름이 아빠의 말은 의외였습니다.

"교장 선생님, 그리고 여기 오신 부모님들, 자치 위원님들, 고맙습니다. 우리 아름이를 생각하셔서 이런 자리를 만

든 것 잘 압니다. 오늘 제가 말하
는 것에 따라 이 아이들이 학교에
서 처벌을 받겠지요?”
　교장 선생님이 고개를 끄덕였
습니다.
　“네. 역시 그렇군요.”

회의실엔 침묵이 흘렀습니다.

"하지만 이 모든 게 철모르는 학생들 사이에서 일어난 일입니다. 아무리 덩치가 크다고 해도 고작 6학년인 아이들에게 처벌을 하고 야단을 쳐서 크게 상처를 주면, 아이들이 이후 성장하는 데 무슨 도움이 되겠습니까?"

"……."

“전 처벌을 원치 않습니다. 어쩌다 그렇게 된 일이라고 생각합니다. 보십시오. 저 세 아이들이 얼마나 착하게 생겼는지. 사람은 누구나 실수를 한다고 생각합니다. 저 아이들을 실수 한 번으로 무조건 처벌하기보다는, 올바르게 자라도록 이끌어 이 사회의 일꾼이 되도록 하는 것이 저는 더 좋다고 생각합니다. 아름이에게 물어보니까, 저 아이들은 그래도 학교에서 큰일이 있거나 행사가 있을 때는 적극적으로 나서는 맘씨 착한 형들이라고 했습니다. 그날 아마 무슨 귀신이라도 씌였던 모양입니다. 용서해 주셨으면 좋겠습니다.”

아름이 아빠가 그렇게 말하고 앉자 아름이는 눈물을 흘리고 있었습니다. 미워해서 흘리는 눈물이 아니라, 형들이 불쌍해서 흘리는 눈물이었습니다. 피해자인 아름이 아빠가 자신들을 오히려 칭찬하며 격려하는 것을 보자 민식이와 철민이, 준혁이는 쥐구멍이라도 있으면 들어가고 싶었습니다. 철민이 엄마는 눈물을 흘렸습니다. 민식이 아빠와 준혁이 엄마는 애써 눈물을 참았습니다. 이윽고 민식이 아빠가 일어나 말했습니다.

“죄송합니다, 아름이 아버지. 먹고 사는 데 바빠서, 또 사회에서 제가 일이 잘 안 풀리다 보니까 가정에 불화가 있었습니다. 우리 민식이는 그런 불화 때문에 이렇게 못된 짓을 한 것입니다. 입이 열 개 있어도 할 말이 없습니다. 다 자식 교육을 제대로 시키지 못한 제 잘못입니다. 용서해 주십시오.”

민식이 아빠가 의자에서 내려와 무릎을 꿇었습니다. 그러자 민식이도 울면서 말했습니다.

“잘못했어요. 용서해 주세요!”

철민이와 준혁이도 덩달아 목놓아 울었습니다. 철민이 엄마와 준혁이 엄마도 눈물을 닦으며 용서를 빌었습니다. 그걸 보면서 교장 선생님이 말했습니다.

“여러분, 일어나십시오. 아름이 아버지께서 오히려 아이들을 칭찬하고 격려해 주셨습니다. 이런 교육은 제가 이전에 본 적이 없습니다. 여러분들에게 좋은 본보기가 되셨을 것이라 생각합니다. 앞으로는 이런 일이 없을 것이라 믿습니다."

아름이 아빠의 작은 용서와 격려가 자칫하면 부모 사이에도 앙금과 미움이 쌓일 뻔한 사건을 좋게 해결하도록 했습니다. 민식이와 철민이, 준혁이는 그날 이후로 아름이를 지켜주는 돌보미 역할을 맡게 되었습니다. 졸업할 때까지 아름이가 집에 오고 갈 때면 다른 아이들이 괴롭히지 못하도록 늘 함께 다니며 돌보아 주었습니다. 처음엔 벌을 받는 느낌이었지만 나중엔 정말 즐거운 마음으로 하게 되었던 거지요.

아빠들이 친구가 되었어요

범준이네 집의 아침은 늘 바쁩니다. 학교에 가야 하는 범준이와 은비, 그리고 직장에 나가야 하는 아빠가 아침 식사를 동시에 해야 하기 때문에 엄마는 부지런히 밥상을 차립니다.

단란하게 밥을 먹고 있는데 아빠가 갑자기 범준이에게 물었습니다.

"범준아, 혹시 너희 반에는 아빠가 장애인이라고 약올리는 아이 없어?"

　범준이 아빠는 장애인입니다. 휠체어를 타고 작은 회사에 다닙니다. 대학교 때 회계를 공부했기 때문에 회사에서 모든 일을 믿고 맡깁니다. 그런 아빠가 다닐 수 있도록 사장님은 회사에 휠체어 경사로까지 만들어 주었습니다. 이처럼 성실하게 자신의 일을 하는 아빠를 아이들은 항상 자랑스러워했습니다.

　아빠의 질문에 밥을 먹던 범준이의 숟가락질이 느려졌습니다.

　"그게요……. 있었어요."

　예상치 못한 대답에 아빠는 깜짝 놀랐습니다.

　"언제 그런 일이 있었어?"

　"지난번에 우리 반 동우라는 애하고요."

　"그래서?"

　"제가 말다툼을 했어요."

　말다툼은 어린 아이들 사이에 늘 있는 것이었습니다.

　"그래서?"

“제가 말다툼으로 이기니까 그 녀석이요…….”

“응.”

“갑자기 애들 보는 데서요, 너희 아빤 장애인이어서 아무것도 못 하면서 뭘 그래? 그랬어요.”

그 말을 들은 아빠는 가슴이 덜컹했습니다. 어려서부터 장애인이기 때문에 사람들의 손가락질을 받으며 살아온 세월이 눈앞을 스쳐 지나가는 것 같았습니다. 아이들만은 그러한 장애의 고통과 아픔을 겪지 않으며 살 수 있도록 해 주려고 최선을 다해 노력한 아빠였는데 세상은 아직도 이런 식으로 아들 범준이의 마음까지 아프게 하는 것이었습니다.

시무룩한 얼굴로 울먹이는 범준이를 보며 아빠는 이 상황에서 약한 모습을 보이면 아들의 마음에 더 큰 상처를 줄 것만 같았습니다.

“너는 그래서 어떻게 했는데?”

“싸우려고 하다가요, 갑자기 그 말을 들으니까 눈물이

왈칵 쏟아졌어요. 그래서 그만 울었어요."

아들인 범준이가 마음이 약해 울보인 건 알았지만 친구의 모진 말 때문에 울기까지 했다는 이야기를 듣자 아빠는 애써 침착함을 지키며 말했습니다.

"아들, 너는 아빠가 장애인인데도 울었어? 그러면 아빠는 본인이 장애인인데 어땠겠냐?"

"네?"

"하하하하! 그렇게 남에게 모진 말 하는 사람은 복을 받지 못하는 법이야. 신경쓰지 말고, 그 친구랑 사이좋게 지내라. 알았지? 아빠는 옛날에 아빠 놀리던 사람들하고도 끝까지 사귀어서 다 내 친구로 만들었어."

"네."

이 말을 끝으로 일찍 회사에 갔지만 아빠의 마음은 영 편치 않았습니다. 사무실이 한참 업무로 바쁘게 돌아갈 때 아빠에게 한 통의 전화가 왔습니다.

"여보."

엄마였습니다.

"웬일이오?"

"방금 범준이 약올렸다는 동우라는 녀석이 왔다갔어요."

"아니, 그게 무슨 말이야?"

이야기는 이랬습니다. 엄마는 아빠가 출근한 뒤 범준이를 통해 동우의 전화번호를 알아내 전화를 걸었습니다. 그리고는 차분하게 동우의 잘못을 알려주었습니다. 그 집 부모님도 밥을 먹다가 난데없는 전화를 받고 깜짝 놀란 것 같았습니다.

그러고 났는데 9시가 다 되어서 초인종이 울렸습니다. 문을 열어보니 웬 아이가 겁에 질려 멀뚱멀뚱 서 있었습니다.

"너 누구니?"

“저 동우에요. 아, 아줌마. 죄, 죄송해요.”

그런 녀석을 보자 엄마는 마음이 안쓰러웠습니다.

“이렇게 잘생긴 동우가 나쁜 말하면 안 돼. 나쁜 말하는 사람들은 자기 안에 상처가 있어서 그러는 거야. 우리 동우는 무슨 상처가 있을까?”

“죄, 죄송해요. 흑흑!”

동우는 눈물을 뚝뚝 흘렸습니다.

“동우야, 범준이는 아빠가 장애인이어도 굳세게 열심히 살고 있는데 동우가 도와줘야겠어, 아니면 놀리고 마음 아프게 해야겠어?”

“도와줘야 해요.”

엄마는 어린 동우를 다정하게 위로해주며 무엇을 잘못했는지 알아듣기 쉽게 타일렀습니다. 알고 보니 동우도 학원에다 과외 등으로 스트레스를 지나치게 많이 받는 아이였던 것입니다.

“다신 안 그럴게요. 죄송해요.”

마침내 자신이 뭘 잘못했는지 납득한 동우는 눈물을 흘리며 진심으로 사과를 했다고 했습니다.

전화를 끊고서 아빠의 마음 한편은 개운했지만 다른 한켠은 어두웠습니다. 자신의 장애로 인해 이렇게 남들은 겪지 않아도 될 고통을 아들 범준이가 겪는 것이 슬펐기 때문입니다.

그날 퇴근 무렵이 다 되었을 때 누군가가 아빠를 불렀습니다.

"부장님, 누가 찾아오셨는데요."

"누구? 이리로 안내해요."

황토색 점퍼를 입은 낯선 사람이 다가오며 물었습니다.

"범준이 아빠신가요?"

"네."

그 말을 듣자 그 사람은 갑자기 정중하게 고개를 숙였습니다.

“아, 아니 어쩐 일이세요?”

사무실에 있는 사람들이 모두 다 쳐다보았습니다.

“선생님 용서해 주십시오. 제가 동우 애빕니다. 저희 아들이 댁의 아드님을 마음 아프게 해서 울게 했고, 장애인이라고 놀렸다고 들었습니다. 이건 모두 애비인 제가 잘못 가르쳐서입니다. 저를 봐서 우리 아들을 한 번만 용서해 주십시오.”

동우 아빠까지 이렇게 사무실을 찾아와 용서를 빌 줄은 꿈에도 생각 못한 아빠는 크게 당황했습니다.

“아, 안 그래도 이야기 들었습니다.”

사무실 사람들은 모두 일손을 놓고 쳐다봤습니다.

“마침 퇴근 시간이니까 어디 조용한 곳에 가서 이야기나 누시죠.”

아빠는 동우 아빠와 함께 사무실을 나섰습니다. 가까운 식당에 자리를 잡자 동우 아빠는 정말 슬픈 표정으로 말했습니다.

“사실 저희 어머니도 선생님처럼 어린 시절에 소아마비를 앓으셨는데 자기 할머니가 그런 걸 알면서도 이 녀석이 그렇게 못된 짓을 했다니 제가 할 말이 없습니다.”

그 말을 듣자 아빠의 눈에도 눈물이 글썽였습니다. 장애를 겪은 그 어머니의 심정도 느껴졌지만 그 밑에서 자라면서 마음 아팠을 동우 아빠의 고통도 느껴졌기 때문입니다.

“괜찮습니다. 용서하고 자시고가 어디 있나요? 애 키우는 사람들끼리…….”

잘못을 인정하기는 어렵지만 또한 인정하는 용기나 받아주는 것도 동물과는 달리 사람만이 할 수 있는 것입니다.

“오히려 저는 동우 아빠가 훌륭하시다고 생각했습니다. 정말 훌륭한 분이세요. 동우는 이런 아빠 밑에서 자라니까 앞으로 걱정 없겠어요.”

범준이 아빠는 오히려 동우 아빠를 크게 칭찬했습니다.

“아닙니다. 부끄럽습니다.”

두 아빠는 굳게 악수를 하고 술잔을 기울였습니다. 자초

지종을 알게 된 두 사람은 마음이 따뜻해졌습니다.

"범준이 아빠는 훌륭하십니다. 존경합니다."

집에 오는 길에 범준이 아빠의 휠체어를 미는 동우 아빠가 약간 취한 목소리로 말했습니다.

"무슨 말씀을요. 동우 아빠가 더 멋집니다. 하하하!"

역시 기분 좋게 취한 범준이 아빠가 그런 동우 아빠를 격려해 주었습니다. 그것은 용서를 비는 용기를 가진 동우 아빠와, 장애를 이기고 그러한 사과를 너그럽게 받아들인 범준이 아빠 두 사람의 우정이 시작되는 것이기도 했습니다. 앞으로 아들들보다 아빠들이 분명히 더 친해질 것 같았습니다.

재미있는 독후활동

독서논술 전문 교육업체 ❀생각연필 독서논술과의 제휴를 통해
심화학습을 위한 독후활동지를 부록으로 수록합니다.

칭찬 받아 본 적 있죠? 그때 기분이 어땠나요? 하늘을 날아갈 것처럼 좋았나요? 반대로 진심이 느껴지지 않아서 기분이 나빴나요?

진심이 담긴 칭찬은 지치거나 속상한 나에게 큰 힘과 위로가 돼요. 그러니 서로서로 칭찬을 자주 해 주세요.

진심을 가득 담은 칭찬과 환한 웃음은 잠시 잊고 있던 용기를 다시 찾을 수 있도록 힘을 줄거예요.

이 책에 실린 여덟 편의 이야기 속에 담긴 칭찬과 격려는 곧 나에게 주는 용기라는 걸 잊지 마세요.

자, 그럼 용기를 찾아 떠나볼까요?

내용 살펴보기

1. 〈안마 이용권〉에서 민경이가 엄마에게 준 안마이용권은 몇 분 짜리였나요?

2. 〈우리 반 앵초 담당〉에서 선생님은 앵초 화분 담당을 누구에게 시켰나요?

3. 〈우리반 앵초 담당〉에서 선생님과 아이들은 어느 학교에 다니나요?

4. 〈아빠의 선물〉에서 아빠는 밤새 운전해서 은비, 은진이와 엄마를 어디로 데리고 갔나요?

5. 〈대학생 형이 세 번 놀란 이유〉에서 대학생은 상구에게 어떤 점에서 3번 놀랐다고 했나요?

6. 〈샤프 펜슬과 만년필〉에서 어른이 되어서 동구가 희철이에게 선물한 것은 무엇이었나요?

7. 〈기통과 문방〉에서 학교 앞에 사는 민철이네가 운영하는 문구점 이름은 무엇인가요?

8. 〈먼저 내민 손〉에서 민식이, 철민이, 준혁이는 누구를 괴롭혀서 '학교 폭력 자치 회의'가 열렸나요?

9. 〈아빠들이 친구가 되었어요〉에서 범준이 아빠가 장애인이라며 놀린 동우는 어떤 마음상태였나요?

나를 소개합니다

내가 누구인지 아는 것은 참 중요해요. 나는 누구인지 생각해서 써 보세요.

나의 장점은…
나의 약점은…
나는 평소에 이런 것에 관심이 많아요.
나의 꿈은 무엇이고, 그 이유는?

칭찬 이야기

"칭찬은 고래도 춤추게 한다"라는 말이 있어요. 칭찬에 대한 질문에 답해 보아요.

1. 칭찬을 들으면 이런 기분이 들어요.
2. 나는 이런 칭찬을 받았어요.
3. 나는 ○○○에게 이런 칭찬을 했어요.
4. 나는 이런 칭찬을 받고 싶어요.

일기 쓰기

일기는 하루에 있었던 일에 대해 자신의 경험과 느낌을 적은 글이에요. 일기를 쓸 때는 제목으로 정한 일에 대해서만 쓰고, 경험을 세세하게 나눠서 순서대로 자세하게 써요. 그리고 경험을 쓴 다음에 그 경험에 대한 자신의 느낌을 써요.

자, 그럼 '칭찬 들은 날'이라는 제목으로 일기를 써 볼까요?

초판 1쇄 발행 | 2022년 1월 3일

글 | 고정욱
그림 | 박선미
펴낸이 | 김영대
펴낸곳 | 도서출판 명주
출판등록 | 2011년 7월 20일(제 301-2013-083)
주소 | 서울특별시 강동구 천중로42길 45 2층
전화 | 02-485-1988
팩스 | 02-485-1488
ISBN 978-89-6985-014-0

* 8세 이상 어린이들을 위한 책입니다.
* 잘못된 책은 바꾸어 드립니다.